KB031963

현대시세계 시인선 115

갱년기 영애씨

박수서
시집

갱년기 영애씨

박수서
시집

도서
출판 북인

여섯 번째 집이다.
집을 짓는 일보다, 집 안팎을 지키는 일이 더 중요했다.
나에게서 안전하지 못해 홀연 떠나버린 빈집도 몇 채,

부디, 해풍에도 무사했으면 좋겠다.

2020년 6월
박수서

차례

1부

주문진항

제가 이곳에 머무른 지는 꽤 오래 됐어요
언제나 경매에 부쳐진 도치처럼 불안했어요
항구 앞 비린 골목에서 잊히지 않으려면
이왕이면 비싼 값에 팔리는 것이 낫지 않을까요
올림픽을 준비하는 선수처럼
그야말로 혀 빠지게 훈련받는 개 있잖아요
싸움개 말이에요
그래요,
저는 싸움개처럼 그 사람 몫의 일부였어요
차라리 목줄에 묶이는 게 낫겠어요
사랑이 너무 무거워요
쇠사슬 끝에 달려 있는 닻처럼, 당신은 나를
오래오래 여기에 묶어두고 있어요

신용리 포장마차

그는 마술에 걸린 어린왕자가 되어 마왕의 소굴에 감금된 공주를 구하러 간다

무엇보다 풀기 어려운 마술이 사랑 아닌가,

항우울제와 함께 사랑을 지탱시킨다

아, 사랑보다 더 가혹한 건 운명이구나

운명의 총구가 이별에 걸리고 녹화된 풍경은 불안한 이리다

술을 마시는 그녀를 사랑했을까

한 사발 국물에 콜록콜록 웃으며 고양이털처럼 간지럽게 울던 그대

병보다 깊이 사랑했을 사람을 달아오른 전구처럼 깨물어 먹는

붉고 붉게 꺼져버리는 사랑을 죽여버리는

밤, 흑백영화처럼 눈이 내리고 부글부글 홍합탕은 끓고
있어라

봄, 드로잉

울새 한 마리 지나가는 하늘을 바라보다 색연필로 금을
긋고, 사랑과 이별을 나누어놓는다 꼭 그 중간에 빨랫줄을
걸어놓는다 아등바등 집게 발가락을 빨랫줄 위로 올려본다
하얀 가루비누 꽃향처럼 중심을 잡으려다, 이별의 땅으로
미끄러진다

이 땅에서 나는 완전할 수 있어,
아, 사랑아
애달픈 사랑아
그래도 어떡하니? 너를

네가 있는 태풍에서 나는 안전할 수 있고 네가 있는 파도
에서 나는 쉽게 멍들 수 있는 하얀 도화지에 연필 끝으로
그어버린 계절, 색연필 한 통을 다 발라도 봄싹조차 그릴
수 없는 이별의 형편, 색 없이 떨어지는 눈물 한 방울의 조
색, 이윽고 봄이 오고 울새 한 마리 울고 가는 하늘 선線명
하다

민주지산

등산을 싫어하는 내가 산을 올랐다
며칠 전 내린 폭설로 아토피 피부염처럼
가려운 건조증을 일으킨 아직 녹지 않은 눈덩이를
밟으며 여럿의 신발자국으로 쩍쩍 갈라진다
오늘까지 버텨왔는데
이렇게 남아 꽃피우려 했는데
어쩌자고 사람들은 자꾸 으깨고 가는 거야
우우, 퉁명스럽게 들려오는 노랫소리
들리지?
광활한 광야를 달리는 저 말이
돈도 명예도 사랑도 다 잃는 소리
싫다, 싫어! 산울림 쩌렁쩌렁 파장을 일으키며
찢기는 축음기 소리
갈라지는 눈의 죽음소리
우리는 듣고도 못 들은 척 알면서도 도리질만 하는
그런 생물이잖아
나도 눈이 되어 한번 밟혀보는 거야
살아보는 거야, 그 다음
벅벅 눈 비비고 녹지 않을 삶을 바라보는 거야

십팔 년

십팔 년이다
잘은 모르지만 비행기가 순항하려면
양쪽 날개가 균형을 이뤄야 하지 생각하다,
밥줄도 글줄도 시작한 지 십팔 년
무엇 하나 조금 더
하다못해 중간도 못 간 나의 보폭,
뒤돌아보면 한촌에 보이는 몇몇
앞을 바라보면 많은 어깨에 가려지는 시야
작아지는 흉부, 숙인 머리
양 날개가 균형을 이뤄야 잘 날 수 있겠지
그래서 그리 공평하게 나의 속도는 천천히
날갯짓을 하는 것이겠지
누구보다 늦게 늦게 안전하게 가려 그러겠지
십팔 년이다 십팔 년이다 생각하다
불쑥, 욕이라도 나올 것 같은 새벽
경부선을 달려 김해공항으로 간다
그곳에서 나는
나보다 더 빠르고 튼튼한 날개를 얻어 날고
늦은 나의 날개는 며칠 접어둬야지

마흔일곱

사는 일이 오래된 가구처럼 흠집나고 흔들린다
자꾸 삐걱거린다

벚꽃을 읽는 일은

말없이 산을 바라보는 일
해 없는 밤길을 걷는 일
그대 없이 밥을 먹는 일
어항 안 숨은 물고기
보고 싶은 마음 버리고
그리움이 꽃폈다고
노을처럼 언덕에 올라

사랑한다
이 계집애야,
따지는 일

매화꽃 필 무렵

봄눈이 내렸다 봄눈은 유난히 눈물이 많다

봄은 울고 있었고 꽃은 어깨를 내리고 있었고 나무는 여전히 흔들렸다

매화꽃에서 비린내가 난다 아직 젖을 떼지 못하였다

눈은 하얗게 배냇저고리를 적시고 명주실을 풀어 벌거벗겨진 매실나무의 젖을 만진다

어긋나지 않게 양쪽 가지를 나란히 내려 꽃몸살에 뭉친 젖을 풀어준다

꽃이 더 깊게 젖을 빠는 동안 한기에 누워 있던 잎에 털이 빽빽하고,

희고 분홍의 향이 움큼 출렁인다

매화꽃 필 무렵, 봄은 울고 있는 그대에게 살아서 맡아볼 수 있는 지긋한 향과

눈물의 비릿함으로 그대보다 더 서럽게 울고 있는 꽃으로 위로한다

눈물에도 밀생지가 있다면, 매화꽃이 다닥다닥 젖을 빨고 있는 여기

천장

티벳의 천장이라는 장례 풍습이 있다
시신을 조각내고 두개골까지 발라
독수리 떼가 먹기 좋게 내어놓은 몸은
많은 독수리의 먹이가 되어 진정 세상을 떠난다
순식간에 뼈와 살을 먹어치우는 독수리 떼,
새가 죽음의 의식을 조장鳥葬하는 장사
배부른 새떼가 하늘을 날아 망자를 극락으로
무사히 올려주는 새떼들에게의 이주
까짓 죽음으로 무장 해제된 몸이 뭐가 대수라고
기꺼이 새에게 달게 내어줘 영혼을 살찌우고
평생 살며 지어놓은 집 한 채 오롯이 천장에 오른다면,
산닭 집에서 볶음용으로 두꺼운 칼에 조각나
검정봉지에 담겨 한 상 탕이 되는 닭이나
사람이나 죽으면 다 그만그만한 것을,
뭐한다고 죽자살자 사는가,
세상의 욕심을 탐함도 아프고
버림도 아프니 사는 일이 다 아프다 아파

애기메꽃

아, 이제 막 애기가 입을 달싹거리기 시작합니다

지난한 장마 동안 흠뻑 젖었을 텐데 덩굴은 말짱합니다

새끼 새처럼 입을 벌리고 오랜만에 깨끗한 하늘을 바라
봅니다

막 사냥을 끝낸 물총새 한 마리가 강물 한 알 물고 갑니다

새는 어느 때나 날아오를 수 있지만,

꽃은 시절이 와야 날개를 폅니다

꽃피는 여름날 가슴은 내내 뜨겁게 앓고,

비에 젖은 꽃잎같이 초롱한 사랑이 그리웠지요

굵은 빗방울에도 멍들지 않은 꽃자루를 겨드랑이로 쓰윽
닦고

새를 바라보던 애기메꽃은 작은 날개를 펄럭입니다

바람이 불어왔지만 기우뚱거리지 않았습니다

아, 다행히 저는 아직 무사합니다

가위

눌리는 밤이 길어지면서 가을나무는 조용히 뿌리를 키
우고

나는 밤마다 뿌리가 조금씩 잘려 나간다

오늘은 공원을 걷다 북쪽으로 내몰리는 후박나무 잎을
주워

차곡차곡 횡격막에 덮어왔는데, 기둥에 고인 수액이 밤
모르게 흘러

수족관이 되었다

막장으로 익어 떨어지는 낙엽처럼 숨 쉬는 일은 찢어지
게 아팠고

지상에서의 일상과는 다른 물의 나라에서, 중력은 지배
자의 힘에

좌지우지 됐다

매트리스에서 일어나는 일조차 버거워

쇠똥구리처럼 끙끙 쇠똥을 굴리듯 눈알만 굴리다

읽어보지도 못한 수영교본을 떠올리며

자유형, 평영, 배영, 접영 물 밖으로 나가려 박박 허둥댔
지만

수압은 납처럼 가슴을 누르고 포말은 집게처럼 놓아주지
않았다

의지는 뚜렷했지만 몸은 움직일 수 없는 상태에서 지배
자의 웃음이

불규칙적으로 절망의 회오리를 만드는 동안 나는 가을나
무의 뿌리를 잡고

관세음보살, 관세음보살, 지배자를 살필 세상의 주인을
부르고 있었다

구멍난 영주씨

우리 남편 작년 늦가을부터
병원 안 간다고 버텼어
그러다 위에 구멍이 나서
새벽에 데굴데굴 구르다 구급차 실려갔어
내가 보호자라고 안 했으면 노숙자인 줄 알았대나
수술하고 세상 처음으로 위내시경이란 걸 했는데
죽을 뻔했대
죽는 게 소원이라고 겨울 동안
내 속을 냉동창고로 만들어놓더니
봄에는 자살한다고 낭떠러지에 서서 하나, 둘, 셋
나 죽는다 깡부리다, 돌부리에 걸려 휘청거리며
하마터면 죽을 뻔했다고 고래고래 고함치는 거야
참, 웃기지도 않지
사람 진짜 마음은 뭘까?
아마 똥보다도 지저분하고 더러울 거야
나 참, 똥은 거름으로라도 쓰지
나불나불 입으로는 죽고살기 뿐이겠어
우주선 만들어 달나라에 가서 토끼 밥그릇이라도 뺏어오겠지
저 봐, 지금도 밥그릇 박박 긁으며 처먹는 거
당신 위에 구멍났지

나는 영웅본색 라스트신에 나오는 주윤발 오빠처럼
따발총으로 바바리코트가 걸레가 되도록 구멍났거든

그런 적 있지

그런 적 있지
아내와 딸이 집을 비운 날
화장실에서 몰래 담배 피운 적 있지

그런 적 있지
김치찌개 끓여준다 큰소리쳐놓고
아무리 해도 맛이 안 나 라면 수프 넣었지

그런 적 있지
개에게 좋지 않을 줄 알면서도
집 개 두 마리와 삼겹살 구워 함께 나눠먹었지

그런 적 있지
아침부터 저녁까지 찬장 안 들기름병 뒤에 숨겨둔
소주 꺼내 홀짝홀짝 남모르게 마셨지

그런 적 있지
세탁기 애벌빨래 후 섬유유연제 넣고 헹굼, 탈수
귀찮아 코스 버튼 눌렀지

그런 적 있지
벽에 걸린 가족사진 바라보며 앞에서 못한 말
사랑한다고 혼자 떠들어댔지

그런 적 있지
하늘이 모르고 땅이 몰라도
집안에서 지켜보던 개는 다 알지

그런 적 있지

벌새

백합꽃이 예뻐서 알짱거리는 거 아니야

화가 나서 이러는 거야

사마귀 녀석에게 놀라 벌벌 떨며 도망치다

우리 아이 점심으로 찜해놓은 딱정벌레를 놓쳐버렸어

아 놔, 텃새처럼 떠들었는데도 가슴이 아리네

우 씨, 꽃을 바라보고 있어도 분이 안 풀려

그럴 수 없나봐,

분노는 꽃 속이라도 숨길 수 없나봐

2부

꽃피는 사과나무에게

아직 익지 않을 때가 아름다울 때야
익어버리면 삶도 더는 어쩔 수 없잖아,
나도 지금은 실하지 않다고 그렇게 다독여봐
아, 해가 이파리의 핏줄을 들여다보네

곡우

봄비 배부르게 내려
우산을 들고 화단으로 가
맨홀 위에서 담배를 피워
왼손으로 우산을 들고
타들어가는 담뱃불을 엄호하며
쪽쪽 빨다, 문득 생각나는 거야
내 속에 들어왔다 나간 것들은
모두 담배연기처럼 흔적 없이
흩날려버렸겠지
세상 더 깊게 안고
더 느리게 보내야 하는데,
나에게서 떠나가는 열망
끝끝내 지키지 못했던 맹세
익지 못하고 헛것이 되어가는 생
아, 오늘이 곡우라지
비가 오면 곡식이 기름지게 익는다지
저 이름 모를 싹도 쑥쑥 자라겠지
꽃도 비 맞으면 얼굴에 꽃피겠지
나도 우산을 내리고 비를 맞네
가을이 오면 황금벌판처럼 익겠지

학소암

떠들썩하지 않네
주인 없는 삼꽃처럼 혼자 피고
봄바람이 조용히 닦아주네
초파일이 다가오며 어깨에 힘이 잔뜩 든
왕벚나무는 스스로가 연등이 되어
조금 늦으면 더 큰 꽃을 피울 수 있다고
생명은 다 한철이라고
기다림이 길수록 기쁨은 산이라고
산길에 멈춰 서게 하네
내가 왕벚꽃을 바라보기보다
왕벚꽃이 나를 지켜보는 듯,
산새 소리에 경처럼 귓병이 낫고
현호색은 멀찍이서 자색 집을 짓고
이제 한철 지나가고 있는 나는
늦게 늦게 걸어내려가야 하네
마음에 산왕각을 지으며
꽃잎을 피해 암자처럼 내려가네

기쁨에게

겨울 한낮 무사히 깨어 있었나요
폭설에 어디 얼거나 망가진 곳은 없나요
어제 왔던 기쁨이 오늘도 기쁨을 보냈던가요
사랑한다, 돌려보내지 그랬어요
꺼져버려, 눈길주지 그랬어요
언 땅으로 한번 밀어버리지 그랬어요
당신 안에 있는 말랑한 웃음덩어리를 꺼내
창밖 옷걸이 위 걸쳐 있는 호두나무에 나눠주고
웅크리고 떨고 있는 슬라브 지붕에 나눠주고
그래도 남으면 두고 가세요
내일 아침 정말 다시 오실 건가요
당신의 기쁨이 대낮보다 환해
계절풍을 손잡고 휘이잉 가시겠지만
나는 당신이 남긴 기쁨까지 덮고
백야처럼 밝아 눈 비비고 일어나 걷고 뛰다,
해가 지면 사라질게요
당신 있는 세상에 겨울 낮 따듯한 해 뜨거든
잘 떠났다는 편지라 읽어주세요

해국

나도 어디 작은 남쪽 섬으로 들어가
바위 앞에서 해변 바람이나 흠뻑 두들겨 맞고,
바다에 눈물을 다 버리고 싶구나

갱년기 영애씨

젊어서는 졸려 죽것도만
나이 먹웅게 잠을 못 자 죽것네잉
갓난이 때 하루 죙일 잤웅게 인자
잠도 애껴서 꽉꽉 쓰라는
하늘의 뜻잉게벼, 꼼지락꼼지락
눈 뜨고 누워 있다봉게 새복에 포도시 잤당게
날이면 날마다 오시는거시 단골손님 아니고
피곤이여 피곤, 참 피곤햐
여기저기 후끈 달아오르고
겨드랑이서 등짝서 거시기서 땀만 오살하게 나고
니미럴 이놈의 장사도 인자 대근혀서 못허것어
주방아줌마 노는 날은 주방 일까지 허느라 그야말로 파
김치여
내일이 가게 휴일이라 마감치고 새복 두 시에 술 먹자고
이놈 저년한테 말했다가 완전 다 까였당게
깨방정 떨며 새벽까지 놀던 때가 엊그제 같은디
나도 옛날에는 윤석화 닮았다고 개 목줄처럼 질게
머시메들이 코피 한 잔 허자고 마른 설탕처럼 달라붙었
는디
참 빨리 늙네

끓는 물에 넣자마자 붉어지는 새우맹키로
갱년기까지 와번져서 인자 연애도 못할거고만
글도 나가 시방까지 배우여 배우
나 서울예전 나온 여자여
허고 싶은 공연헐라고 서울 년이 뭔 오살랐다고
전주까지 와서 힘들게 장사험서 개털 빠지게 살았는디
참, 인자 나도 전주년 다 됐구만
엊그제는 영업 끝나는 시간까지
예술만으로도 돈 많이 번다고 자랑하시던 미술가 양반
외상이야 하고 나가버리는겨
일년에 한두 번 얼굴 보기 힘든 예술가님 땀시 기운빠지
네 허다
감감히 생각혀봉게 그것이 다 예술이 잘못헌 거지
사람이 뭔 잘못이여
그나저나 이번에 나가 신경 써가고 겁나게 연구해서
백종원 맹키는 못혀도 맛난 신메뉴 하나 만들었당게
얼큰짬뽕순두부, 먹다 죽어도 모를 맛이여
긍게 한번 들러 예술적으로다가 술 한 잔씩 허고 가시랑게
뭐, 전주바닥에서 중화산동 '꽃마차' 허믄 알 만한 사람은
다 안당게

으메, 저놈의 주방 처다만 봐도 땀나 죽것네 죽것어

동네삼류뽕짝시인

　사무실 위층에서 근무하는 조각가 다우 형
이 나를 그려줬다
　고마운 마음에 제법 어울리는 작품 제목을
지어주었다

자운영

폐경이 온 첫 봄,
이제 꽃도 아니라고
쓸쓸한 순옥씨는 바람이라도 쐬러
복숭아 과수원 길 둔덕을 걸었습니다
바람에 펄럭이는 스웨터 깃을 여미고
치마를 접어 쪼그려 앉아 들꽃을 바라보다,
종소리처럼 지이잉 울었습니다
붉은 자주색 꽃잎이 바람에 흐드러지며
연한 가지가 순처럼 훌러덩 휘어지지만
꽃은 꽃을 피해
가지는 가지끼리 어슷하게 비껴줍니다
세찬 바람에도 서로가 서로를 지켜주는
들꽃도 있는데,
당장 꽃이 졌다고
더는 발아할 수 없는 둔덕이라고
쓸모없다 쓸쓸해하지 않기로 했습니다
살면서 피워냈던 꽃이
지금 이 들판의 꽃보다도
제법 많기 때문입니다
게다 꽃만 보고 사는 세상도 아닙니다

꺾어 살짝 데쳐 된장 조금, 참기름 한 방울
조물조물 무친 맛난 나물
식구들 입으로 들어가는 게 진짜입니다
그동안 당신, 얼마나 많이 나물을 무쳤는데요

순태젓

소금처럼 날이 짜고 입맛 없을 때
밥에 물 말아 갈치속젓 한 젓가락 올려
먹으면 맛있지
청양고추 푹 찍어,
찬밥 떠먹어도 맛있지

환절기 입맛 돋울랴,
하나로마트에 젓 사러 왔는데
꼴뚜기, 명란, 창난, 낙지, 오징어
다 있는데 속젓이 없네

점원에게 갈치속젓은 없냐고 물으니
"저기 있잖아요"
손가락을 따라가 마주친 순태젓!
"이거, 갈치속젓 맞아요?"
강경에서는 순태젓이라고도 한다네

세상 같은 뜻 다른 이름 모르면
눈뜨고 입 못 벌리는 일도 있겠다 싶네

갈치 순대인지 내장인지 젓도 있으니
향채 한 다발 대접에
뚝 뚝 끊어 넣어 밥 비벼 먹어야겠네

하루살이 풀처럼 풀죽은 내일도 미리 비벼놓아야겠네

공덕

지난 강풍에 쓰러진
개집을 새로 짓고
고추 모종을 심네
밭도랑 물때를 닦아주고
토닥토닥 심지心地를 다독여
군덕을 올리네
해 지고, 허기진 저녁
초승달처럼 베어먹고
밭에 나와 담배 한 대
태우고 있는데,
저기서 고추 바라보는 장모
'기울어지지 않겠지'
'빳빳이 잘 서 있겠지'
'뿌리가 뽑히지 않겠지'
걱정하시네

나는 가만히 고개 숙이고
아래를 바라보며,
아직은 아니다
지금은 괜찮다

그렇게
혼잣말했네

고추꽃이 하얗게 끄덕였네

꽃마차 타러 가자

자정 이후
새벽은 꽃마차 타고 아침에는 버스를 타자

신데렐라는 떠났지만, 멀미가 날 것 같아도 참고 꽃을 꺾자, 선지 드럼통에 꽃을 담아 마차를 타자 마차가 들썩거려 발목이 울렁거려도 참자 새벽에는 장목양말으로 갈아신고 칠부바지를 입자 플라워 자수 드레스셔츠를 입자 장례식장 옆을 백작처럼 망토를 휘날리며 지나치자 새벽이니까, 밤은 이미 죽었으니까 두려워하지 말자

유령처럼 기다리는 마부는 말에게 밥을 주지 않는다 당근도 없다 토끼가 당근을 빼앗아 공원으로 갔다 보안등 아래 풀밭에서 풀을 뜯는다 토끼풀은 깡충깡충 뛰어서 마차 앞으로 발라당 누워버린다 말이 풀을 뜯는다 말 풀 뜯는 소리에 좀비가 깨어났다 토마토주스를 한 잔 마시고 믹서기로 토끼를 간다 톡 톡 팝콘 튀기는 소리가 나고 토끼는 간다

간이 배 밖으로 나오듯 밤이면 밤마다 달빛에 늑대처럼 하울링 하는 좀비가 성대결절에 걸렸다 아카시 숲속으로 어깨에 전기톱을 메고 달려간다 아악 노래를 부른다 어디

서 왜가리 슬피 운다 뻐꾸기가 날아가고 올빼미가 둥지에
서 고개를 내민다 아침이 왔다

덩그러니 남겨진 낡은 마차
경주용에서 폐기된 누구도 건강에 관심 없는 늙은 말 한
마리, 왕방울 같은 슬픈 눈으로 저주하듯 마차 바퀴를 바라
본다

아침에는 단목양말으로 갈아신고 정장 바지를 입자 슬림
핏의 흰색 셔츠를 입자 무인발권기 앞에서 사무원처럼 말
쑥하게 서자 아침이니까, 새벽은 이미 떠났으니까 생각하
지 말자 아침에는 버스를 타자

고개를 돌린다 창밖으로 휭, 코뿔소 한 마리가 뛰어간다

무주

몇 번 그믐달을 보았다
달 뒤에 숨는 별을 보았고
별 옆에 팔짱 끼고 있는 뭉게구름도 보았다

자판기 종이컵 설탕 커피를 뽑아
낙타 고삐를 쥐고 흡연구역으로 갔다

파랑 낙타 한 마리 업고 버스에 올라탔다
버스가 출발하자 지긋이
눈감고 뽕짝을 들으며 꾸벅꾸벅 졸았다

어쩌다 뒷바퀴 위 좌석에 앉는 날이면
쉼표처럼 꽂힌 요철과 과속방지턱이
가끔 밀린 숙제처럼 들썩 깨웠고
그럴 때마다 그대를 생각했다

평생 그대 때문에 아팠지만 버스는
길을 잃지 않고 오히려 길을 내며 달렸다

무주에 도착하면 나는 항상

그대 생각에 마음이 전봇대처럼 높았다,

그대에게 가는 길을 잃어서가 아니라
어둠이 진척에 있어서가 아니라, 멀고 멀어서
그대의 행을 찾아 낮게 낮게 불 켜고
거북이처럼 머리 내밀고 더듬더듬 웅얼거려야 했다

거북아, 거북아 시를 내놓아라
내놓지 않으면 내 몸을 구워 시집이 되리라

사월

가만히 기대있어도 좋은 봄날이었다
영석이와 함께 사는 자취방에서
라면박스에 덮여 통학버스 타고 온 금성비디오는
호환마마보다 무서운 테이프만 넣어주면
뒤통수 큰 텔레비전에서 영자가 나왔고
탱크가 나왔고, 대포가 나왔고, 쌍룡이 나왔다
브라운관 앞, 장맛비에 젖은 개처럼 순해진 네 눈동자
얼룩지고 해진 벽지에 등을 잡아먹힌 듯
꼼짝달싹 안하고 가늠쇠를 바라보듯 응시하다
가끔 꿀꺽 꿀꺽 통감자 넘기는 소리만 흘리다,
어쩌다 삐삐가 드르르 떨기라도 하면 화들짝 놀라
이등병처럼 일어나 초소를 경계했다
기승전결 모든 예술에는 서사가 있으리
작가주의적 관점으로 소주를 나눠 마시며 생라면을 씹었다
청춘이라 허기졌으리라
부엌에서 라면을 끓여 방바닥에 내려놓았다
— 야, 또 다마네기 넣었네
맹라면이 질렸다고 몇 날 며칠 양파만 넣어 먹었던 시절
소주 몇 병과 테이프 몇 판을 더 돌리고,
비워진 라면그릇에는 회충처럼 몇 가닥 면이 굳어 있었다

봄바람 징하게 불어 창문을 두드리는지라 열어봤더니
세상에 만개한 벚꽃 위로 하얀 눈이 내리고 있었다
야, 눈이 이렇게 오면 꽃피는 일 얼마나 서럽겠냐
영석이는 바지 앞주머니에 손을 넣고 빤스를 잡아당기며
시바, 나도 눈 와버렸다 말했고
우리는 서로 한창 벚꽃만 바라보았다

구름의 방향

세월과 시절을 잡아둘 수 없지만,
제트기가 지나가고 잠시 머물다 사라지는 똥줄처럼
공중에서 산산조각 나버리지만,
흔적은 가슴에 박무처럼 머물고
새총처럼 허공에 포물선을 긋는다

영원히 갈 수 없는 나라를 생각하는 날은
유효기간이 지난 여권을 펼쳐보듯 그리움의 얼룩이 졌고
내내 한 곳만 보고 있자니 눈 밖으로 사라져버렸고
끝내 저 하늘 어디로 갔는지 방향을 알 수 없었다

알 수 없는 게 하늘의 조화 때문은 아닐 것이니

저 하늘 어디라도 구름은 있을 것인데 그저
허투로 바라보다 놓쳐버렸거나
고개 들어 한번 망연하게라도 올려보지 못함이다
풍향계처럼 수직의 축을 가슴에 꽂고
바람의 방향으로 톱니를 돌려 하늘을 바라보아야 한다
그리하여도 정확히 방향을 읽지 못한다면,
먼저 나를 관측하고 옳게 조율된 깃의 방향에 기대야 할 것이다

3부

걱정

봄비가 온다고 봄이 흠뻑 젖어, 고실고실 햇볕에 몸 말리려 서둘러 여름을 데려오면 어쩌지?

잠깐 비 그친 사이 새 두 마리가 화단 안으로 후딱 들어가네 저 새들 비를 피한 것일까, 다른 무엇을 피하지 못한 것일까?

이제 막 꽃 싹이 올라오는 꽃잔디 어깨를 강풍이 쿵쿵 밟고 간다 구두굽에 긁혀 상처난 꽃이 피면 어쩌나?

몇 날 며칠 검은 고양이가 담장 벽돌 위를 곡예하듯 걸어다니며 지나가는 농촌버스와 자전거와 크듯크듯 웃는 아이들을 지켜본다 해가 떨어지면 내려와야 할 텐데, 어두워 발이라도 헛디디면 어쩔까?

오늘 밤도 수많은 별이 뜨고 만월이네 별들이 달빛을 주워먹고 저렇게 반짝반짝 빛나는데, 어느 날 그믐이라도 오면 저 많은 별 줄 서서 개밥바라기 눈치만 보면 어쩌지?

호두나무꽃

밤꽃 닮은 꽃이 피어

자세히 보니 호두나무꽃이지라

싹이 트고 사내처럼 기다랗게 수꽃이 먼저 피었지라

그것이 여물어 봄볕처럼 말랑해지면

간지러운 새순에 암꽃도 피것지라

거기서 열매가 열것지라

한집에 내외가 함께 사니

평생 외로울 일은 없것지라

꽃피지 않는 나무 없듯이,

아픔 없는 사람도 없것지라

꽃이 피어야 열매를 맺지라

암만, 아픔이 있어야 사람도

호두처럼 단단한 열매가 되지라

아픔도 꽃이지라

나무의자

기우뚱해서
한쪽 발목을 잘랐다
그랬더니 반대쪽으로 흔들린다
맞은편 발목도 잘랐다
이제는 앞발에 정강이가 찍힌다
과감히 앞발을 잘랐다
앉았다,
여전히 흔들린다
톱은 훌륭했지만, 사람이 문제다
제 삶의 중심을 모르는 사람은
그 무엇의 중심조차 알 수 없는 법,
벗겨진 군살 같은 자작나무 톱밥
강둑까지 흘러 쌓이고
목 잘린 발들 다리 밑에서
망둑어처럼 죽어 있다

열이라는 숫자

줄이 열 개인 차랑고라는 현악기가 있다 실물을 직접 만진 적도 그 음을 들은 적도 없지만 퍽 느낌 있을 것 같은, 남자만 연주하는 안데스 지방의 악기다. 마한시대 울려 퍼지던 가락처럼 얼마나 신비로울까, 열이란 또 얼마나 완벽하고 뭔가 꽉 찬 느낌의 숫자인가, 그리하여 열이라는 말은 욕심 없이 가득 채웠다는 의지의 발성이다 달걀 한 꾸러미, 붓과 먹 한 동, 고사리 한 두름, 미역 한 뭇, 청어 한 갓, 열 개가 한 묶음이 되어 완전한 하나가 된다 배부른 한상이 되고 최고의 글이 된다 도끼도 열 번 갈면 날이 서고, 밥 한 사발로 열 명이 먹을 수 있고, 열 소경이 막대 하나로 서로 의지하고, 열 숟가락 모이면 밥 한 그릇이 된다는 속담처럼 열이라는 숫자는 거침이 있어도 최선을 다해 산다는 것, 세상과 나누고 평등하게 함께한다는 것이다 뜻대로 풀지 못한 걱정 있거나 방법을 찾기 어려운 문제가 생기면, 열 번 생각하면 답이 나오지 않을까 열 번만 참으면 팔자라도 고칠 수 있지 않을까 생각하다, 무엇보다 사람 사는 일 스스로를 열렬히 사랑하며 살면 잘 사는 일 아닌가 그리 다독인다

멀리 있는 그대가 내 옆에 함께 앉아 있는 날은

눈이 오면 모르는 흰 발자국이 따라오고
비 내리면 멀쩡한 우산이 구두코 앞에 버려지고
바람 부는 날은 풍향의 반대쪽 창문이 자꾸 흔들리고
꽃피는 날은 서럽다고 훌쩍훌쩍 울다,
불현듯 냉정해진 꽃샘추위처럼
가만가만 내 심장을 떡잎처럼 찢는 날
멀건 눈물이 흐르는 이유는 뭐냐
밥이라도 챙겨줘야 할 어린 자식처럼
쓸쓸하고 아득한 이유는 뭐냐
자장자장 죽어버린 사랑아
그대여, 어서어서 놋그릇 가득 꽃밥으로 비벼져
비린 그리움을 다 떠먹이고 꽃길로 가라
멀리 있는 그대가 내 옆에 함께 앉아 있는 날
더는 못 견디게 그립지 않은 날
날카로운 도끼에 벌목되고,
밑동까지 베인 날

명절 음식

소고기, 명태, 호박, 버섯, 전
대파와 맛살, 햄 꼬치, 전

도道를 알고 살아라, 도라지
처음처럼 바르게 살아라, 시금치
높은 사고를 실천하고 살아라, 고사리

염불보다 잿밥이라고
명절하면 기름 둘러 지글지글 부쳐낸 전
색깔 별로 뜻이 있는 삼색나물 먼저 생각난다

소금과 장 위주로 자극적인 간이 없어설까?
정성 가득 담백하고 진하지만 뭔가 순한 맛!
아, 지지고 볶는 음식은 조금 타야 맛있는데
어쩌면 사는 일도 지지고 볶다 속이 조금은 타야,
훗날 사는 뒷맛을 지긋이 알 것인데
그래도 오늘은 아주 조금만 타야겠지

삶

술을 진탕 마신 다음날 아침
탈곡기가 쓸고간 기억을 탈수기에 돌리며
숙취에 가재미처럼 겨우 눈떠, 제일 먼저

적당히 마셨어야 했는데 뭔 말짓 안 했나?
필름이 끊긴 다음 날은 총 맞은 개처럼 가슴이 답답하네

함께 자리 했던 정일이형에게 카톡을 보낸다

삶이란 후회다……

한참을 묵묵하던 형이 선문답처럼 답했다
아, 나는 하루하루 삶을 잘도 살아가고 있구나

고라니 장례식장

어제 금구에서 집에 가는데
고라니가 차에 치여 죽어 갈비뼈가 드러나 있었어
세상 그렇게 편하게 누워 있는데
반대편 차로에는 영구차가 지나가데
그저, 고라니 장례라 생각하니 맘이 너무 아프더라
성호경을 긋는 건 내 맘이겠지
아프지 마라가 아니라 아팠겠지가 아닐까, 괜히
맘이 편치 않았어, 얼마나 많은 차가 지나야 고라니가
국도에서 사라질까?
달리는 자동차는 한복판에서 흔적을 지울 수 있어도
갓길로 옮겨주진 못하잖아
반대편 차로에는 영구차가 지나가대, 그거
아주 외로운 죽음인데
두 죽음 가까이 왔는데 어디 한 귀퉁이만 남았더라,
텃새도 자리 깔고 앉아 먹었을 테지
철새도 해찰하다 우연히 맛봤겠지
성부와 성자와 성령의 이름으로 아멘,
십자성호를 그으며 하는 기도
처음과 마침을 성호경으로 국도에 깔린
장례식장을 그저 혼자 조문했지

다 커버린 어린이날

몇 해 전부터 어린이날이 심심해진다

이것들이 세월만 잡아먹더니 청소녀가 되어 딱히

어린이날이라고 요구사항도 없다

이제 저희 나름대로 휴일을 즐기려 밖으로 나가버리고,

어린이날은 그저 빨간 날

챙겨주고 놀아줘야 할 어린이도 없는 나는

박박 사타구니나 긁으며 소파에서 재방 연속극이나 보다

정 못 참겠으면 소맥이나 말아 먹어야지

해파리처럼 다 나가버린 오후

저기서 씩씩하게 코 고는 아내를 깨워

밥해달란 말 차마 못하겠다

시를 쓰는 이유

박쥐 12

생각해보면 나는 퍽 '박쥐'를 좋아했다

『박쥐』(2006)라는 시집을 냈고, 『슬픔에도 주량이 있다면』(2013)이란 시집에서도 박쥐를 여러 편에 담았다 당시 시 쓰는 박제영 형은 발문에서 "아쉽더라도 수서야, 이제 박쥐는 여기서 끝내자. 이제 훨훨 날려 보내자"라 했고, 그 후 나는 두 권의 시집을 더 냈지만, 약속을 지키며 짜장, 짬뽕이나 유치 뽕짝 사랑시는 썼어도 박쥐는 쓰지 않았다 한데, 이번만큼은 꼭 한번 써야지 싶다 '제영이 형, 이해해 줘요'

"은둔하며 집단생활을 하는 야행성 동물 박쥐는 코로나 바이러스의 최초 근원으로 알려져 있다. 하지만 코로나19가 인간 세계에 확산된 데에 박쥐는 책임이 없다는 데에 많은 과학자들이 동의한다고 CNN은 19일(현지시간) 보도했다. 동물학자들과 질병전문가들에 따르면, 자연 속에 갇혀 있어야 할 질병들이 사람에게 옮겨 온 것은 다름아닌 인간 활동 때문이다. 수많은 인구가 빠르게 움직이며 자연과 동물 서식지를 파괴한 결과라는 얘기다."

[출처: 서울신문 2020. 3. 20.]

가끔 땡처리 패키지 해외여행을 낙으로 사는 나는 발목이 잡힌 비행기 발통 때문에 속상하지만, 무엇보다 세계의 하늘길과 바닷길을 막아버리고 지구인이 코로나바이러스 포비아가 되어버리게 한 이유를 박쥐에게 떠넘기는 일이 못마땅했다 봐라, 어찌 박쥐의 잘못인가 모두 인간 때문이다 어둠을 운항하는 검은 망토의 신사숙녀, 날개를 쓸 수 있는 유일한 포유동물, 환한 인간의 세상에는 얼씬거리지 않고 밤의 시곗바늘을 돌리는 착한 짐승, 어둠을 지키는 정의의 배트맨, 황금박쥐를 잊었는가

봐라, 박쥐는 잘못이 없다

RC카

봄이 오고 해가 길어지면서
퇴근 후 무료함을 깨울 무엇을 생각하다
잔디 싹이 푸르게 올라오기 시작한 운동장을 바라보다
아차, 이거다 싶어 RC카 한 대를 구입했다
손가락으로 조종기의 감각을 찾는 게 우선이었고
영점이 맞지 않는 얼라이먼트의 회전에 익숙해야 했다
네가 있어야 할 방향과
내가 보내야 할 방향은
가끔 손발이 맞지 않았지만,
뒷발통으로 똥깨나 뀌며 분주히 주행했다
이륜구동을 몰다보니 욕심이 생겼고
사륜구동을 들이고, 그러다
반짝반짝 헤드라이트를 켜고 용을 쓰는 지프차
문워크를 하며 방방 춤도 추는 SUV까지
욕심은 소비와 차량의 대 수에 비례 곡선을 그었다
사실, 나는 운전을 할 줄 모른다
물론 운전면허증도 없다
시내버스와 직행버스가 익숙한 나는
가끔 앞자리에 앉아 기사님의 능수능란 핸들링을 지켜
보며

내심 부러워하기도 한다

혹, 하고 누가 마음에 펀치라도 날리면

어디 강변이나 바닷가로 시동 걸고 몰고 가 영화배우처럼 멋지게

분노를 조절하며 바바리코트 깃을 날리며 걷고도 싶은데

당최 다 상상이네 이룰 수 없는 운전이네

그래, 그렇다고 내가 서울을 못 가겠어, 여수를 못 가겠어

보고 싶은 사람 있으면 조금 늦어도 찾아갈 수 있는데 뭘,

내가 뭐가 부족한데

나 차 다섯 대나 있는 남자야

둘째딸 영희씨

우리 집은 딸만 셋이야
첫딸은 살림밑천이고, 셋째는 얼굴도 안 보고 데려간다
는데
난 둘째야
살면서 언니에게 치이고 동생 대신 욕 얻어먹고
울 아버진 맨날 언니한테 잘하라고 해
동생한테도 좀 잘하라고 하고
나 얼마 전에 엄마한테 막 소리 지르고 울었어
왜 나한테 잘해주는 사람은 없고 나만 잘해줘야만 하냐고
그날 밤 울 엄마 아버지 밤새 싸웠대
엄마는 날 새고 흰 알처럼 펑펑 울고
아버지는 꼬박 그 울음소리 다 떠먹고 있다
새벽닭처럼 벼슬 올리고 사뿐사뿐 와서는 그제야 미안하
다고 말했대
요즘 너무너무 힘들어서 엄마 생각도 못하고 살았는데
나 참, 나쁜 년이지
오랜만에 목소리 듣자마자 로켓처럼 퍼부어댔으니
어제 엄마한테 철없이 말해서 미안하다 했더니
울 엄마 괜찮다고 그렇게라도 쏟아내야 네가 살지 그러대
그런데 나도 몰랐는데,

울 아버지 언니에게 항상 동생한테 잘하라 한대
동생에게는 언니한테 잘하라 하고
자식새끼 다 키우고 환갑이 다 됐는데도
아직도 부모 마음을 모르네
그렇다고 자식 마음을 잘 아는 것도 아니고

입하

마른하늘에 날천둥이라고
느닷없이 비가 내리네
생각해보니 오늘부터 여름이네
엊그제 봄이었는데 봄볕에 놀아나려 했더니
영양탕처럼 뜨거운 뚝배기가 깔리겠네
우후죽순 비가 마구 쏟아지는데, 갓길도 아니고 가장자
리에
아슬아슬하게 트럭을 세운 아저씨는 천막 줄을 잡아당기
고 있네
무엇을 싣고 왔는지 모르겠지만
그 물건 비 맞지 말라고 스스로 흠뻑 젖으면서
생계를 묶고 있네
더 소중한 무엇은 그 물건이 아니라
식구의 입에서 나왔겠지
아내와 자식 입에서 오물오물 씹히는 밥 때문이겠지
그리하여 아저씨는 천둥과 비 아래서 밥을 묶고 있네
멀거니 바라보다 길을 지나는데
솥은 뜨거워지고 장대비에도 식지 않네

참외 파는 노상 트럭 앞에 외양간 소가 실린 트럭이 서네

참외를 사네
소는 다리를 꿇고 짐칸에서 눈 동그랗게 뜨고
크게 여름, 여르으음 하고 슬프게 울고 있네

4부

그 여름

갯지치 모래땅에서 방패를 꺼내 해를 가리고
날카로운 입술 꽃이 되어 혀를 물고
견디지 못할 뜨거움에 아래턱에서 칼을 뽑아,
바다는 더러운 족쇄라고 홧김에 서방질하다
아서라, 아서라 타이르던 모래알의 배를 가르고 누워
발톱이 다 나가버리고, 순한 암고양이처럼
납작 엎드려 붉어지는 꽃을 바닷물이 식히고 가는
너희들이 그렇지 않아도 여름은 뜨겁다고
해수를 가로질러 부는 남도의 바람

변산바람꽃

한겨울 흙 이불 속에서
개구리랑 함께 잠만 자던
뱀, 박쥐, 두더지가
세상구경 나오자마자,
꽃구경이나 실컷 하자고
아직 잠이 덜 깨었을까
개암나무 기둥을 세차게 흔들어
엉덩이를 간지럽힙니다
어서 일어나 세수도 하고
목욕도 하고 서로 등도 밀어주라고
깨끗한 봄비도 내렸습니다
아직 뒹구는 겨울 낙엽 사이,
삐쭉 고개 내민 하얀 꽃이
나, 눈인 줄 알았지?
너희보다 진작 일어나 피었었다고
핑, 봄했습니다

뜨거운 것

다행이야
뜨거움은 결국 사그라지든가 식어버리든가
끝내, 사라지든가

오래된 기억이 추억을 소떼처럼 몰아내고 있다
나는 추억의 단서를 발권하려 기억보다 길게 주저앉아 있다
목장의 잔디를 긁고 파기를 여러 번,
방목된 기억이 추억을 내몰기라도 할까 싶어
불안한 추억이 능선을 껴안고 노을과 함께 눈시울 붉어지고
해는 일찌감치 등 돌린다

뜨거운 것,
열광에 짓눌려 푸석푸석 말라버린 기억이
앞서서 식어가며 줄행랑치는 추억의 등까지 겨우 쫓아
둥구나무처럼 껴안고 기억도 추억도 아닌
그저, 식어버린 한때가 되었다

햄버거를 사주는 이유

대개 휴일은 남자들이 세탁기 돌리잖아
설거지도 하잖아, 가끔 청소기도 돌리잖아
물론, 재활용품 음식물쓰레기도 버리겠지
아내와 딸 셋, 사내라고는 나와 여덟 살 된 개가 전부
속옷을 세탁기에 돌리고 건조대에 너는 날이면
가끔 뭔가 손해본다는 느낌이 들기도 해
딱히 그럴 이유 없는데 쪽수에서 밀려설까
고작 내 것은 사각팬티와 런닝구 두어 장이 전부인데,
건조대 가득 굴비처럼 걸려 있는 건 죄다 여자 속옷
겨우 한 줄 걸쳐 있는 내 것을 위해
세탁기 돌리고 빨래를 널어야 해
하다가도 내 새끼들 입을 것이니 고슬고슬 말라야지
베란다 창문으로 들어오는 햇볕처럼 맑아지지
둘째 녀석 외출 준비한다고 옷장 서랍을 열었다 닫았다
씩씩거리며 제 브라가 없어졌다고 투덜대다 나가고
쌀쌀한 바람이 밀려오는 저녁, 베란다 문 닫으러 갔다
다리미판 구석에 떨어져 있는 하얀 세탁망을 주워
열어보니 대체 며칠이 지났는지 오징어처럼 말라
서로 껴안고 있는 하얀 브라, 분홍 브라, 초록 브라
가만히 건조대에 걸린 브라 사이에 꽂꽂이해놓고

TV 켜고 주말연속극을 보다가, 내일 둘째 녀석에게
좋아하는 햄버거라도 사줘야겠다고 생각했다

마츠시게 유타카*

웃기는 말인 줄 아는데
나도 소싯적에는 영화배우가 꿈이었어
중학교 때부터 담배 안 피우고
우유 많이 먹었으면,
그럴라고 노력했을지도 몰라
170도 안 되는 놈이 뭔 배우여 배우는
걍 방바닥에 내려놓고 주구장창
비디오 참 많이 봤지
고거 따라하면서 혼자 거울 앞에서
시부렁시부렁 대사 깐다고 째내고
혼자 재미나게 놀고 그랬지
수음기 때 젤로 좋아했던 배우는
주윤발이었어
아, 그놈의 성냥꽁다리까지 멋져 보였으니까
그것도 철없을 때 추억이니
그냥 톨스토이나 고리키 소설이나 읽었을 걸
하다가도 불쑥불쑥 생각나
지금은 이 사람이 참 좋아
마츠시게 유타카
'고독한 미식가'라고 아는 사람 알 거여

뭘 먹어도 그 맛의 익스트림 클로즈업이
능수능란한 표정연기와 내레이션
그래서 오늘도 혼자
소머리국밥집에 가서 흉냈지

아, 오늘 하루도 잘 먹었습니다

*일본의 유명 배우, TV드라마 〈고독한 미식가〉 주연배우.

분홍 소시지

　엄마가 생각나, 나 초등학교 다닐 때 달걀 하나 깨 겉옷을 입혀 지글지글 부친 소시지를 도시락에 넣을 때면, 붕어빵을 찍다 밀반죽이 넘쳐 판대 밖으로 눌려 찍힌 지느러미 밖의 잎사귀 같은 부스러기를 자르고 둥글둥글 아름답게 가위로 손질을 했지

　참, 그거 누가 본다고, 나 혼자 보고 나 혼자 먹을 건데, 뭘 그리 번거롭게 할까 생각한 적 있었는데,
　막내딸 만두라도 튀겨줄라치면 타버린 둘레를 가지런히 가위질 하고 있는 나도 그러네

　참, 그게 뭐라고, 생선살과 고기보다는 분홍색 첨가물이 훨씬 많은 값싼 소시지를 먹다보면 엄마가 생각나, 분홍 소시지처럼 힘없이 뭉개지던 엄마의 분홍 립스틱

독수리 사형제

연어 초밥집 화장실을 독수리 사형제가 지키네
함께 지구를 지키는 오형제가 한 형제를 지키지 못했네
사실 형제라기보다는 남매지
백조가 있으니까
사실 독수리 오남매도 아니지
독수리는 단 한 마리밖에 없으니까

조류 오남매는 백조를 잃고 진짜 형제가 되었네
독수리 사형제는 더는 악당과 싸울 일이 없어 신났네
지구를 방위할 일도 없고
각자 집을 지키고, 개를 지키고, 애인을 지켰네
영업시간에는 근면하게 남자화장실을 지켰네

독수리, 콘도르, 제비, 부엉이 형제는
세면대 거울 선반에서 소변기를 지키네
이제는 꺼내놓은 물건만 봐도 누군지 알 수 있네
지금은 눈감고 오줌줄기 소리만 들어도 다 아네

혹, 그럴 수도 있겠다 싶네
백조는 남매 중 유일한 홍일점이니,
지금 여자화장실에서 혼자 좌변기를 지킬지도

장녹

좌포리 만덕산에 고사리랑 취 뜯으러 왔어

그거 알아, 고사리랑 취는 나물꾼 손을 타도 흔적이 적어

근데 장녹은 너무 많더라

참수형 당해 역병에 쓰러진 시신처럼 널브러져 있지만

고사리, 취보다 그것이 먼저 손이 가대

옛날에는 뿌리로 사약을 만들었다지

연산군 후궁 장녹수는 중종반정 때 사약으로 마셨다지

한때 눈부시게 화려한 권력은 독이 되어버렸겠지

그 독, 며칠 물에 담가 삶아 우리면 보라 물로 흘러가지

잘만 무치면 최고의 나물이지,

아버지 제사상에 올리면 좋아하시겠지

산에서 내려오며 팔뚝을 박박 긁었어

풀독인지, 장녹수 치맛자락을 들쳐선지

방어

아이 생일날이면 몸이 아프다는 아내

아버지 기일이 오면 꿈에 보인다는 엄마

목욕을 하고 나오면 손가락이 쪼글쪼글 해진다는 막내딸

햇볕을 바라보면 재채기가 나온다는 둘째딸

불닭볶음라면을 먹으면 딸꾹질을 하는 첫째딸

누웠다 일어나면 가끔 네 다리를 쭉 펴고 기지개를 켜는
미니핀

소파에 앉아 TV 보다 아내가 리모컨이라도 들면 움찔하
는 나,

쐐기에 물리면 쐐기가 지나다닐 때마다 간지럽다지?

풀숲에서 언제 물린지 모르지만 몸은 영적 기억을 해네

몸은 마음이 훑고 간 아픔과 비어 있음을, 깎아내거나 채워주는

무주공용버스터미널 남자화장실

독한 락스물 출렁이는 화장실에서 장화 신은 청소 할머
니는 씩씩거리며 소변기를 닦는다
　때마침 들이닥친 할아버지들 그래도 남자라고 소변기를
피해 좌변기 앞에 줄을 선다

　이어진 듯 끊어지는 끊기듯 이어지는 해질녘 파도소리에
좌변기의 회전율은 바닥나고
　허리 굽은 노인들 지퍼를 붙잡고 입불안석 새우처럼 서
있다

　구멍난 파이프처럼 뚝 뚝 떨어지는 것이 소변뿐이겠는가
　한때는 바다에서 긴 수염 자랑하며 꼬리채로 물살을 당
겨 힘차게 헤엄쳤던 새우였을 터,
　이제 하얗게 껍질은 으스러지고 수염만 축 늘어지는 세
월에 장사 없다고 고개 숙인 사내들

　새우 한 마리씩 길어올린 저녁이 우르르 지고
　나는 파랑이 빠져나간 방파제에 서서 다리 벌리고 새우
과자를 꺼내 갈매기를 기다린다

정읍시외버스터미널 대합실

공용 와이파이가 잡히지 않아 설정에 들어가보았더니
주변 모텔 와이파이가 백두산 서파 계단처럼 떠오른다
비번을 잠가놓지 않았지만
방향만 모텔 방안으로 잘 맞추면 될 것 같지만
그냥 얼마 남지 않은 내 데이터를 쓰기로 했다
나의 데이터가 아직 근천스러울 정도는 아니기 때문에,
모텔 방안의 뜨거운 마음만 함께 하면 되었지
와이파이까지 함께 나눌 정도로
배차 시간이 넉넉하지 않기 때문이기도 하지만,
무엇보다 와이파이 우산을 빌려와 내 것이 한 층 높아지면
가뜩이나 번개치고 폭포처럼 쏟아지는 우중일 텐데
그이들이 더 흠뻑 젖을까 걱정되어서다

쓸데없이 헤프거나 막된

*

사랑은 밀가루반죽처럼 치댄다고 수제비나 칼국수가 될
수 없다 뚝뚝 떼어 뜨끈한 국물에 올려도 심장을 끓게 하지
는 못할 일, 국뚜껑이 벌컥거린다고 다 진국은 아니야, 간이
덜 배인 그저 덜 우러난 육수의 뚝배기 귀를 만지작거리는

*

사내와 사내가 마주보고 있다 사내가 국을 건네고 사내
가 술잔을 내놓는다 사내는 뭉크의 그림을 바라보고 있고,
사내는 바그다드카페를 가고 있다 사내는 뽕짝을 불렀고
사내는 만화영화 주제가를 틀었다 사내가 있었으나 사내가
없다

*

마라 맛을 넓고 깊게 느끼다 보면, 이것저것 라면 수프를
총집합한 풍미가 혀에 맺힌다

*

언제부터인가 혼자 식당에 가서 밥을 먹는 일이 불편하지
않아졌다 집 나간 텃새 백 마리를 헤아리며 꼭꼭 씹어 먹으

면, 새털처럼 가볍게 주의의 눈총도 함께 날려보내리라

*

몇 날 며칠 멍하고 생각이 없다 생각이 생각하려 하지 않지만, 생각이 생각을 불러온다 바보처럼 끌려온 생각 때문에 또 생각이 아프다

*

애기 풀처럼 조개나물처럼 사는 거야
쓸쓸한 영혼과 말동무나 하면서 눈에 띄지 않게 보랏빛 향기나 맡으며 솜털 속에서 누에처럼 사는 거야

기다림에 대하여

해바라기 씨앗을 심은 지 스무날이 지나서도 낌새가 없기에
체념하고 화분의 흙을 파 꽃기린 두 개를 심었는데
자고 일어났더니 뭐가 나오는 거야
콩나물처럼 떡잎 두 개가 아, 입 벌리고 초록초록 웃는 거야
어찌나 귀엽던지 후, 불어줬더니 꾸벅 인사하대
그냥 나뒀으면 조금 더 기다렸다면
제집 제자리에서 당당하게 컸을 것을
기다림에 익숙하지 못한 나의 성급함이
집을 허물고 땅을 빼앗고 낯선 이주자를 불러들였으니
나도 그렇지만, 멀대처럼 우쑥 서 있는 꽃기린은 또 얼마나
미안하겠어
꽃도 고개를 숙이고 가시도 숨기려 안간힘을 쓰잖아
그래 어쩌겠니, 좁더라도 형제처럼 살아야지
콩나물시루에 형제들은 서로 옴짝달싹 못해도 잘만 살아가잖아

익숙해지는 것

평소 피우지 않았던 담배를 처음 태울 때
며칠은 그 맛을 잘 모른다
소금이 빠진 국이나 찌개처럼 무언가 밍밍하다
하루 이틀이 지나면 몸은 스스로 그 맛을 터득하고
그제야 제 맛을 느낀다
사람도 세상도 시도 한가지다
경향이 다른 사람과 어울릴 수 있다는 것
그럭저럭 세상에 발맞춰 살 수 있다는 것
알 수 없는 방언 같은 시를 어느 날 이해할 수 있다는 것
사람 맛, 세상 맛, 시 맛을 알아간다는 것
익숙해지는 것
순순히 세상에 물들어가는 것

능수능란한 '모노드라마 시'를 쓰는 수서씨

김영주/ 동화작가

1.

'형! 머릿속이 풍선처럼 커지네. 자꾸 쓸 것이 많아져서⋯⋯.' 사흘 전만 해도 시한부 선고받은 듯 좌절하던 사람 맞나싶다. 그러나 한편으로는 다행이다. 한동안은 조용할 테니까. 지금은 양손에 먹을 것을 쥐고 무엇부터 먹을까 벅찬 아이 같은 박수서 시인, 시로 풀어내는 동안 세상이 고요할 것을 나는 안다. 사람은 하고 싶은 것을 할 때 행복해 보인다. 근간 박수서 시인이 그랬다.

좌절과 환희를 오가며 시를 완성하는 모습을 보면 산통을 견디어 해산하는 여인이 따로 없다. 이 진중한 모습을 혼자 보기 못내 아깝다. '나라이션, 내레이션, 나레이션' 백과사전 검색하면 한방에 해결할 것을 모를 리 없다. 검색창에 narration을 쓰고 엔터를 누르면 나오는 내레이션을 보고도 어울리는 분위기를 찾아 한나절, 하루를 끙끙댄다. 시인은 자기 손을 떠나기 전에 만지고 또 만지느라 배기는 굳은살을 보지 못한다. 밤 사이 꿈속에서 잠꼬대는 안 했을까 싶다.

봄이 오고 해가 길어지면서
퇴근 후 무료함을 깨울 무엇을 생각하다
잔디 싹이 푸르게 올라오기 시작한 운동장을 바라보다
아차, 이거다 싶어 RC카 한 대를 구입했다
손가락으로 조종기의 감각을 찾는 게 우선이었고
영점이 맞지 않는 얼라이먼트의 회전에 익숙해야 했다
네가 있어야 할 방향과
내가 보내야 할 방향은
가끔 손발이 맞지 않았지만,
뒷발통으로 똥깨나 뀌며 분주히 주행했다
이륜구동을 몰다보니 욕심이 생겼고
사륜구동을 들이고, 그러다
반짝반짝 헤드라이트를 켜고 용을 쓰는 지프차
문워크를 하며 방방 춤도 추는 SUV까지
욕심은 소비와 차량의 대 수에 비례 곡선을 그었다
사실, 나는 운전을 할 줄 모른다
물론 운전면허증도 없다
시내버스와 직행버스가 익숙한 나는
가끔 앞자리에 앉아 기사님의 능수능란 핸들링을 지켜
보며
내심 부러워하기도 한다

훅, 하고 누가 마음에 펀치라도 날리면

어디 강변이나 바닷가로 시동 걸고 몰고 가 영화배우처럼 멋지게

분노를 조절하며 바바리코트 깃을 날리며 걷고도 싶은데

당최 다 상상이네 이룰 수 없는 운전이네

그래, 그렇다고 내가 서울을 못 가겠어, 여수를 못 가겠어

보고 싶은 사람 있으면 조금 늦어도 찾아갈 수 있는데 뭘,

내가 뭐가 부족한데

나 차 다섯 대나 있는 남자야

—「RC카」전문

하긴 그가 시를 몰라서, 시를 처음 만나 당황해서 내게 말하겠는가! 재밌는 거다, 그리고 매번 첫사랑처럼 설레는 거다. 누가 마음에 펀치라도 날리면 바바리코트 깃을 세우고 훌쩍 떠나고 싶은데 면허증이 없어서……, 금방 자신을 다독인다. 내가 어딘들 못 가? 그는 매번 첫 마음으로 돌아가 시를 만나나보다. 수줍어 눈도 마주치지 못하고 애꿎은 신발 앞코를 짓찧으며 뭐라고 할까 귀까지 빨개진 소년, 그는 하지 못한 말이 풍선처럼 부푼다. 면허증이 없는 시인은 오늘도 능수능란한 핸들링을 지켜보기 위해 시외버스터미널 대합실에서 승차권을 만지작대겠지……. 전지전능하신 창조주께서 전주와 무주를 오가는 박수서에게 면허증을 주

지 않았다. 능수능란한 핸들링을 하느라 보지 못하고 지나
칠 것을 하나하나 탐닉하라고……

당초에 다 상상이었다. 이룰 수 없는 운전이어서 그는 서
사를 택한 것이다. 서울이든 여수든 못 갈까마는 지금은 정
읍시외버스터미널에서 와이파이를 공유하느라 방향에 몰
두하고 있을지 모른다. 달나라 가려고 건전지로 RC카 배를
채우고 레이싱 준비를 마친 시인은 '쓰리 투 원' 카운트 다
운을 하며 입술을 '부르르' 떨고 있을 거다. 혼자 한 상황극
이 거기서 멈추면 덜떨어졌다 혀를 찰지 모른다. 하지만 그
는 시를 낳는다. 그러니 그의 모노드라마에 중독된 몇몇이
모여 대꾸하는 거다.

2.

페이스북을 보면 혼자 밥 먹는 그의 모습을 유난히 자
주 본다. 음식 맛보다는 그릇에 대해 생각하고, 그 안에 담
긴 시를 먹으며 음미한다. 그는 스파게티를 뚝배기에 담아
건져 올리며 만족스런 표정을 지을 수 있다. 비를 핑계 삼
아 술을 마시듯 음식 먹을 때마다 다 이유가 있다. 목소리
를 잘 내고 싶어 백숙을 먹을 때 닭 모가지를 뜯고, 쓰다만
시를 풀기 위해 추어탕을 자꾸 뒤적인다. 속상한 마음 달래
줄 소주 한 잔을 따라 그 말간 속을 들여다본다. '참아야 한
다. 참아야 한다.' 그 핑계를 대 "여기 참이슬 한 병이요!" 외
칠 것만 같다. 그래도 안 풀리면 '빨강, 노랑, 주황, 연두' 넥

타이가 열린 나무에서 노랑 넥타이를 딴다. '씨, 씨, 씨를 뿌리고 꼭꼭 물을 주었죠. 하룻밤 이틀 밤 쉿쉿쉿! 뽀드득 뽀드득 뽀드득 싹이 났어요.' 동요를 맹신하는 시인은 낙담했다. 기다려도 돋지 않는 화분에 나무젓가락을 쪼개 꽂았다.

이런 엉뚱한 짓은 박수서 시인만이 어울릴 법하다. 늘쩡거리는 씨앗은 키득거리며 스무 날이 지나서 삐죽 싹을 내밀었다. 시인은 빗나간 나무젓가락을 여린 싹 옆에 세워 묶어준다. 그는 오늘도 엇나간 나무젓가락과 싹을 이어놓고도 '삶은 무엇이냐?' 또 삶이란 무얼까 타령 시작이다. 나는 이제껏 늘쩡거리는 박수서에게 낚였다. 말 따로 시상 따로 골몰하는 줄 몰랐다.

웃기는 말인 줄 아는데
나도 소싯적에는 영화배우가 꿈이었어
중학교 때부터 담배 안 피우고
우유 많이 먹었으면,
그럴라고 노력했을지도 몰라
170도 안 되는 놈이 뭔 배우여 배우는
걍 방바닥에 내려놓고 주구장창
비디오 참 많이 봤지
고거 따라하면서 혼자 거울 앞에서
시부렁시부렁 대사 깐다고 째내고
혼자 재미나게 놀고 그랬지
수음기 때 젤로 좋아했던 배우는
주윤발이었어

아, 그놈의 성냥꽁다리까지 멋져 보였으니까

그것도 철없을 때 추억이니

그냥 톨스토이나 고리키 소설이나 읽었을 걸

하다가도 불쑥불쑥 생각나

지금은 이 사람이 참 좋아

마츠시게 유타카

'고독한 미식가'라고 아는 사람 알 거여

뭘 먹어도 그 맛의 익스트림 클로즈업이

능수능란한 표정연기와 내레이션

그래서 오늘도 혼자

소머리국밥집에 가서 흉냈지

아, 오늘 하루도 잘 먹었습니다

— 「마츠시게 유타카」 전문

　어느 날 전화통에 불난 적이 있다. 전주 평화동에 '마츠시게 유타카'가 〈고독한 미식가〉를 촬영하러 왔기 때문이다. 나는 그가 누군지 박수서 시인을 통해서 알게 되었다. 곧 내겐 공감하지 못한 벅차오름이었다는 것이다. 하지만 그의 간절했던 마음만은 더듬을 수 있었다. 성경을 읽다보면 여러 기적을 볼 수 있다. 그 중에 중풍환자를 고치기 위해 들것에 병자를 들고 찾아온 네 사람이 나온다. 예수님의 소문을 듣고 온 수많은 군중 때문에 가까이 갈 수 없었던 그들은 급기야 지붕을 벗겨낸 구멍으로 들것을 내려보낸다.

그 열성은 치유와 용서의 은사를 얻는다.

고독한 미식가를 흉내내고, 간절히 그리워하니 그의 동네 평화동까지 왔다. 그것은 우연이 아니다. 한 발이라도 가까이 가려하는 순간, "어이! 거기, 거기 아저씨 나오세요. 어서요! 어서 나오시라고요!" 넉살은 어디 두고 잠깐도 버티지 못하고 '걸음아, 나 살려라!' 그곳을 벗어났단다. 시부렁시부렁 대사를 얼마나 짜내며 혼자 꿈꿨는데 악수라도 하고 기념사진도 찍었으면 얼마나 좋았을까! '어이' 외마디 들린 순간 허무하게 이미 발코를 돌렸을 것이다. 극적일 때 극적이지 않은 그의 삶, 그래서 시에서 할 말이 많지 않을까!

3.

인간의 본능은 양파껍질에 비유해도 모자라다. 하얀 속을 다 벗겨내고도 그 끝을 알 수 없는 저면의 진짜 마음을 아직도 모른 채 부대끼며 산다. 설령 밑바닥을 봐도 '설마 아니겠지. 잘못 봤을 거야. 그래도 생각하겠지⋯⋯.' 마음을 되뇌이며 사는 사람이 어디 영주씨 하나겠는가! 거름에도 못 쓸 지저분한 것을 보고 싶지 않았겠지. 박수서 시인이 아직도 찾지 못한 그 삶은 무엇일지⋯⋯. 후회, 자책, 부정, 자존심 그 속에서 어지간히 엎어졌다 바로섰다를 되풀이했을까 싶다.

곰국을 들통으로 끓이고 집 나가는 여자를 두려워한다는 남자, 과연 있을까? 여자가 집을 나가려면 옷고름을 자른다는 말이 있는데, 나가려는 마음을 먹은 여자가 곰탕을 끓였다는 건 다시 오겠다는 얘기다. 단지 바람 쐬고 돌아올 단기여행이다. 곰탕을 끓였던 여자는 돌아와 노란 싹을 보지 못하고, 잔소리부터 퍼부을 것이다. "아, 이 아까운 것을 다 쉬어빠지게 만들었어? 얼마나 오래 고아놓은 건데…… 자기 전에 좀 끓여놓지." 알아듣지도 못할 도돌이표에 살림법을 알려주는 이 여자의 오지랖이나니…….

나 죽는다 깡부리다, 돌부리에 걸려 휘청거리며
하마터면 죽을 뻔했다고 고래고래 고함치는 거야
참, 웃기지도 않지
사람 진짜 마음은 뭘까?
아마 똥보다도 지저분하고 더러울 거야
나 참, 똥은 거름으로라도 쓰지
나불나불 입으로는 죽고살기 뿐이겠어
우주선 만들어 달나라에 가서 토끼 밥그릇이라도 뺏어
오겠지
저 봐, 지금도 밥그릇 박박 긁으며 처먹는 거
당신 위에 구멍났지
나는 영웅본색 라스트신에 나오는 주윤발 오빠처럼
따발총으로 바바리코트가 걸레가 되도록 구멍났거든
　　　　　　　　　　　　　　　　　—「구멍난 영주씨」 부분

박수서 시인은 가끔 알뜰한 살림살이를 보여준다. 아주

깔끔하기 짝이 없다. 딱 하나 제 것만 정리하면 되는 거다. 일일이 잔소리할 필요도 없다. 자기 배 채우고, 방안 정리하고 영웅본색에 나오는 윤발이 오빠 흉내 좀 내면 되는 것이다.

하지만 시인이 이번에는 큰일을 했다. 아무도 봐주지 않은 영주씨의 구멍을 위로해주었다. 걸레가 되도록 구멍난 걸 자신조차 모르는 구멍을 보여준다. 누구 위해 살지 말고 나를 위해 살라는 말 대신 참혹하게 뚫린 구멍을 보여준다. 주저 없이 직면한다. 윤발이 오빠가 스크린에서 거침없듯, 박수서 시인 또한 시판은 그에게 운동장이다. 그 운동장을 질주하다 골대에 시원한 골인을 했다. 비록 그것이 자살골이더라도……. 위안이 되었다.

"형, 잘 지내?"

"그럼 잘 있지. 근데 니가 웬일이니?"

"너무 조용해서 별일 없나 하고."

어느 날 문득 전화해 물었다. 아무것도 모르고, 너무 조용한 형의 안부가 궁금해서 살아 있냐고 안부전화를 했다. '잘 지내?'라고 묻던 그때, 구멍이 나고 있었다.

4.

903호나 904호나 사는 건 거기서 거긴가 보다. 어느 집에도 둘째딸 영희는 산다. 하지만 그 아이의 결핍을 읽어주는 부모가 있나 없나 그 차이다. '둘째딸 영희씨'는 참 따뜻한

시다. 다 늙었다 해도 둘째가 첫째가 될 수는 없는 일, 사부작 쌓인 서운한 마음을 미처 읽어주지 못한 미안함에 엄마와 아버지는 부부싸움을 한다. '나래도 몰랐음 당신은 눈치 채 애 좀 다독이지 뭐했냐?', '그러는 당신은…….'

이 집에 둘째딸 영희씨가 이 시를 읽고 화해하면 좋겠다. 어쩌면 자기 자신과의 화해며 통합인데 이 매듭이 쉽게 풀어지지 않는다. 나보다 나은 언니와 동생보다 나은 나여야 한다는 그 틀에서 쉽게 벗어나기 힘들다. 심하게 얼먹은 마음을 열등감으로 인정하기 싫은 이유다. 중간에 태어나 비교대상이 너무 많다. 위아래를 보며 생기는 욕구는 왜 그리 많아지는지……. 나도 넷 중에 둘째로 태어난 탓일까 내 얘기인 것만 같다. 언니 동생 사이에 끼어 있다는 생각에서 벗어나지 못해 아직도 가슴이 따끔거린다.

그날 밤 울 엄마 아버지 밤새 싸웠대

엄마는 날 새고 흰 알처럼 펑펑 울고

아버지는 꼬박 그 울음소리 다 떠먹고 있다

새벽닭처럼 벼슬 올리고 사뿐사뿐 와서는 그제야 미안

하다고 말했대

요즘 너무너무 힘들어서 엄마 생각도 못하고 살았는데

나 참, 나쁜 년이지

오랜만에 목소리 듣자마자 로켓처럼 퍼부어댔으니

어제 엄마한테 철없이 말해서 미안하다 했더니

울 엄마 괜찮다고 그렇게라도 쏟아내야 네가 살지 그

러대

그런데 나도 몰랐는데,

울 아버지 언니에게 항상 동생한테 잘하라 한대

—「둘째딸 영희씨」 부분

이 마음을 몰랐을 리 없는데 인정 안 하다 부모가 되어서야 그 마음을 제대로 알게 된다. 부모는 일찍 철든 자식을 안쓰러워하고, 행여 부모가 못 채워줘서 속이 찼나 미안해한다. 훗날 이 마음을 알 때쯤 말하려는데 가고 없다. 부모는 언니와 동생에게 잘하라 하고, 맏이에게는 동생들에게 잘하라고 하고 막내에게는 또 언니들한테 잘하라 하고……. 돌고 도는 가족들 알콩달콩 사랑, 둘째를 잡아당겨 표현했다. 아주 오래전 그 딸과 일본여행을 갔었다지. 예기치 못한 일로 곤경에 빠졌다지. 그 일로 더 딸 가진 아빠로 짙어졌다지.

『해물짬뽕 집』은 그의 공식적인 네 번째 시집이다. 시집을 내게 주려고 온 날은 비가 쉬지 않고 내렸고, 빗줄기도 제법 굵었다. '시집 나온 지가 언젠데 이제 가져왔냐?'며 궁시렁댔다. 내 군말의 바탕은 멋쩍은 고마움이었다. 시집을 친히 주러 온 정성……. 하지만 내 말문을 막아버린 게 있었다.

그것은 다름 아닌 시집이 담긴 일회용 비닐봉투였다. 시집이 시인에게 소중했고, 젖지 않도록 고이 담아온 마음씀씀이가 고왔다. 고급 포장지에 감싸인 것보다 더 감동했다. 그때 찍은 사진을 가지고 있다. 시집 나왔다고 여기저기 연락하지 못하는 '방안퉁수'가 박수서다. 그것을 알기에 이미 시집을 주문하고도 끝끝내 받아냈다. 드라마에서 은근히 하다 요즘 대놓고 하는 PPL 마케팅을 배우라고 할까 보다.

5.

요즘은 폐경기보다 '완경기'에 익숙해졌다. 이때를 또 갱년기라 하며 주체할 수 없는 또 한번의 질풍노도를 지난다. 세월이 좋아져 겉은 청춘이요, 속은 숯검댕이다. 예전에는 자기 속이, 자기 마음이 왜 이러는지 모르고 옷섶만 펄럭였을 테지……. 남들은 춥다고 어깨를 움츠릴 때, 창문을 활짝 열고도 눈 밑에 송골송골 맺힌 땀이 좀처럼 식지 않는다. 그러나 정작 '어디 안 좋아?' 염려는 고사하고 '왜 그리 요새 예민해? 뭔 말을 못하겠네. 추워, 창문 좀 닫아!'라는 말이 되돌아온다.

이때 남편과 자식에게, 이웃에게 위안받고 싶은데 돌아오느니 핀잔이다. 이 핀잔은 불쏘시개가 되어서 충동적인 분노가 발화된다. 여기 영애씨도 서운함을 털어놓는다. 간만에 한 잔 하자는 말에 여기에 까이고 저기에서 까이고……. 약속 잡으려면 잠깐만하고 스케줄 봐가면서 잡던 옛날을 지나온 나였다고.

> 여기저기 후끈 달아오르고
> 겨드랑이서 등짝서 거시기서 땀만 오살하게 나고
> 니미럴 이놈의 장사도 인자 대근혀서 못허것어
> 주방아줌마 노는 날은 주방 일까지 허느라 그야말로

파김치여

　내일이 가게 휴일이라 마감치고 새복 두 시에 술 먹자고

　이놈 저년한테 말했다가 완전 다 까였당게

　깨방정 떨며 새벽까지 놀던 때가 엊그제 같은디

　나도 옛날에는 윤석화 닮았다고 개 목줄처럼 질게

　머시메들이 코피 한 잔 허자고 마른 설탕처럼 달라붙

었는디

　참 빨리 늙네

—「갱년기 영애씨」 부분

　젊었을 때, 아니 고3 때만 해도 잠이 쏟아져 그 다음날 후회가 하루이틀이었던가! '젊어서는 졸려 죽것도만 나이 먹웅게 잠을 못 자 죽것네잉' 어디 불면증만 있나? 두근거림에 미치고 화끈거려 돌아버리고, 땀 때문에 살 수 없어. 그러다 나온 말이 고작 '내가 어떻게 살았는데, 내가 너희한테 어떻게 했는데⋯⋯.' 원망하며 결국 자괴감에 빠지는 게 갱년기의 말로라면 너무 서글픈 일이다.

　완경기 말 따로, 갱년기 말 따로 분리하는 것 스스로 불행한 일이다. '글도 나가 시방까지 배우여 배우, 나 서울예전 나온 여자여' 과거도 미래도 어쩌면 중요하지 않은 게 삶이다. 그걸 갱년기 영애씨가 알려주고 있다. 그 마음을 박수서 시인이 받아쓰기를 했다. 누구 엄마가 아닌, 누구 아내가 아닌 시방까지 배우인 나, 내가 지나온 길을 나만큼 기억할까!

'공연한다고 뭐 오살났다고' 서울 여자가 전주에 와서 영애씨는 예술을 한다. 첫 식사를 밤 12시에 하면서도 예술 덕분에 버티는 거다. 갱년기 되기까지의 삶을 누가 인정해줘서 산 것이 아니라 내가 하고 싶은 거 할 수 있어서 버텼다. 연극뿐만 아니라 신메뉴 만드는 것도 예술이니까. 예술하다 빌어먹는다지만 영애씨는 예술 할 때만은 땀이 나지 않는다. 시를 쓸 때만은 삶이 무엇일까 궁금하지 않은 시인 박수서처럼……

갱년기를 겪지 않은 박수서 시인은 영애씨의 분노를 잘도 받아 적었다. '세 딸, 아니 애견까지 합하면 네 딸 아버지는 다른 것일까!' 시가 말로 할 수 없는 위로를 할 수 있으면 좋겠다. '삶이란 무엇일까?' 쉬지 않고 묻는 박수서 시인이 시를 쓰면서 그리고 시인이라는 타이틀에 여전히 행복하면 좋겠다. 시 속 OMR 카드에 정답을 마킹하길 바란다.

박수서의 시집 『갱년기 영애씨』를 읽으면서 떠오른 생뚱맞은 그림이 있다. '영국, 미국, 부산'이라 쓴 양철 비행기를 만들어 타고 세상을 다 갖은 얼굴 했을 그 꼬마, 지금은 퍼스트클래스에 탑승한 신사처럼 능청맞게 앉아 익살맞은 얼굴로 무어라 혼잣말하며 빙그르르 웃으며 시를 쓰는 수서씨, 그런 그이기에 능수능란한 모노드라마 시를 완성했을 것이다. "사는 일이 오래된 가구처럼 흠집나고 흔들린다/자꾸 삐걱거린다"(「마흔일곱」) 하여도 부디 소년이여, 시의 무대 위 모노드라마의 주인공이 되어라.

현대시세계 시인선 **115**
갱년기 영애씨

지은이_ 박수서
펴낸이_ 조현석
기 획_ 고영, 박후기
펴낸곳_ 북인
디자인_ 푸른영토

1판 1쇄_ 2020년 06월 10일
출판등록번호_ 313 - 2004 - 000111
주소_ 121 - 842 서울 마포구 서교동 467 - 4, 301호
전화_ 02 - 323 - 7767
팩스_ 02 - 323 - 7845

ISBN 979-11-6512-115-0 03810
ⓒ 박수서, 2020

이 도서의 국립중앙도서관 출판예정도서목록(CIP)은 서지정보유통지원시스템
홈페이지(http://seoji.nl.go.kr)와 국가자료종합목록시스템(http://www.nl.go.kr/
kolisnet)에서 이용하실 수 있습니다. (CIP제어번호 : CIP2020021535)

본 도서는 (재)전라북도문화관광재단 2020년 지역문화예술육성지원사업에
선정되어 보조금을 지원받은 사업입니다.